청어詩人選 265

나무와 꽃과 바람의 시인 박광옥 시집

내 울 안의 생태 정원사

제천 소나무 박광옥
제4시집

청어

내 울 안의
생태 정원사

박광옥 시집

시비

제천시 신당로원(하소동 211-1)에 2000년 5월 건립
(2002년 봄 소나무 식재)

노래비

제천시 봉양읍 명암리 산 4번지 영농법인 산채건강마을 내
박광옥 시, 김동진 곡 가곡 「후회」 노래비 (2009년 6월 건립)
석질 및 크기: 자연석에 오석판 부착식(30×80×5)

시화

상: 제천시 교동 주민자치센터 건물과 붙어 있는 산 정상 하늘정원

하: 산책통로 옆으로「제천 소나무」시화가 설치되어 있음

독자를 위하여

  우리 문단의 대부분 원로 시인들께서는 무척 겸손하십니다.
  대부분 원로 분들의 생각을 짚으면 '문학 작품이 사회를 변화
시키지는 못할지라도'라는 선을 긋고 적어도 읽는 이에게 공감
하고 깨달음이 있다면 그것으로 그 작품은 생명이 있다는 말에
저뿐만 아니라 다들 그렇게 생각해 반론이 없을 것입니다. 그
동안 나 자신도 그렇게 많이 들어왔고, 그렇게 생각하면서 살
아왔으니까요.
  그런데 살아오면서 인생길은 예기치 않은 사건 사고 환경의
변화 등, 우리의 인생길은 평탄치만은 않은 것이 각자의 운명
을 요동치게 만들고 있지 않았습니까? 그러한 내 변화무쌍한
생활을 영위하면서 자연스럽게 생활에 적합한 주위 환경을 스
스로 만들어가며 살 수밖에 없다는 인생 진로를 가고 있는 자
신을 발견하고부터 그 경로의 과정에서 시를 짓고 수필을 쓰
고, 하다 보니 제3시집 『향맥』에서 같은 문학 작품으로 소나무
의 무한 번성의 사회 변화를 주도한 결과물로 마침표를 찍어
놓을 수도, 그 가능성이 있다는 결론을 얻을 수 있었다고 역사
속으로 밀어 놓고 있지 않았습니까?

작품 활동 속에서 우리는 다 같이 문제의식을 가지고 사회가 우리 생활환경에 적합하도록 스스로 변화시키는데 참여하는 의지를 지니고 노력해 본다면 그 자기 영역 내에서 변화하는 세월을 여러분도 맞이하게 될 것이니까요.

그러한 내 인생 여로에서 이제 들뜬 마음을 가라앉히고, 아주 작은 나 자신의 집으로 돌아와 제4시집 『내 울 안의 생태 정원사』에서의 이야기들을 상재함으로 나의 제5시집 『둥지를 틀어』라는 집을 짓기 위한 집터를 마련하고자 합니다.

이렇게 된 동기는 미래를 여는 글 수필집에 기재한 바 있는 한국시인협회 회장이셨던 오세영 시인의 '생태시 선언'이 2007년 5월 4~5일 한국시인협회 주최 함평 생태시 축제에서 한국 시사 최초로 '생태시 선언'을 채택 공표하셨습니다. 그 선언문을 요약하면 '인간은 사회적 동물이다.'라는 지금까지의 명제를 비판하고 인간은 사회적 동물만이 아닌 사회 생태적 동물이라고 선언했습니다.

저는 평소 생태계에 대한 관심도 가졌었고, 또 그런 방향에 대환영의 뜻을 이미 그대로 실천하려 노력하고 있었고, 변함없이 진행 중에 있습니다. 그러나 인간이 인간에게서 해방되어야 한다는 부재에 대하여 그것은 현대인으로서 보통 사람이 선택할 수 있는 무게가 아니라는 것은 첫째, 건강이 따라 주지 않아 힘에 겹고 그로 인한 경제 사정에 제약이 가중되는 것이 나는 한낱 자영업자의 직업으로 성장 중이었기에 내가 먼저 남에게 도움을 줄 수 있어야 남의 도움도 받을 수 있는 고단한 노력을 극복할 수 없는 제약이 따르고 있어 선택한 것이 '내 울 안의 생태 정원사'로 잠적하게 되는 것이었습니다.

그래서 가족을 지키며 생명 연장의 기회를 만들어 못 다한 일들을 어떻게 하든 마무리 해가는 환경 조성을 위한 경로가 맞춤형 생태 정원을 만들어 시간 나는 대로 가꾸어 가면서 느끼면서 사회의 실오라기만한 인연의 줄을 남겨 참여도 하는 짬 속에서 건강이 회복되어가며 귀농이라는 또 다른 문어발 다리를 걸었습니다.

살기 위해서 몸부림 친 것입니다. '내 울 안의 생태 정원사'도 되고, 농부도 되고, 공장의 노동자도 되고, 병원 진료도 열심히 받고, 밤이면 글쟁이 흉내를 열심히 내고, 인생은 연극이라고 생각하고 이렇게 벌려 놓은 내 생활의 무대 위에서 피를 토하고 죽는 것이 영광이라는 각오로 대들었더니, 느리지만 이렇게 까마득하던 제4시집을 상재하게 되었습니다.

물론 젊은 시절의 그러한 각오의 결과에 비추어 십분의 일도 못 미치는 미약한 결과물이지만 저는 이곳에서 더 많은 작품집을 완성하고 발표해서 내 울 안의 생태 정원 같은 아담한 가족적 생태 정원, 단지 내 아담한 사회적 정원 등이 전국적으로 많이 늘어나기를 소망하게도 이른 것입니다. 그러기 위해서는 내 작품들이 많이 읽혀져야 하지 않겠습니까? 그래서 여러 사정을 극복하고 중앙에서 출판을 의뢰해가고 있는 이유들입니다.

독자 여러분들의 성원과 응원을 부탁드립니다. 그래서 한번 가꾸어 보고 싶은 내 울 안의 생태 정원을 산책해 그 속의 환상의 정원사가 되어 잠시 나무와 꽃과 바람과 어우러져 무엇인가를 가꾸는 마음도 가져보게 된다면 심신이 편해짐을 선물로 받을 수도 있으실 것입니다. 하여 봄이 되면 산에 들에 나무를 심자는 식목 정신이 국토를 푸르게 해나갈 것입니다. 저도 한때는 시인은 외롭다고 절규할 때도 있었습니다. 그러나 지금은 아닙니다.

독자 여러분에게 전합니다. '시인은 인간이 아닌 그 무엇과도 대화할 수 있다는 것' 그것이 시인을 선각자로 만들어가는 과정이 되어갈 것이라고 생각하면서부터입니다. 이 책에서의 시인 정신은 여기에서 마무리 하겠습니다.

나무와 꽃과 바람의 시인
돌모루에서 제천 소나무 박광옥 삼가

차 례

1부 시

2부 시인의 한 수

1부

_____

시

님의 생각

젊은 피가 솟아오르듯
붉게 피어오르던 장미꽃이
마지막 향기를 남기고 쓰러져 버린
유월의 부신 태양 아래

가슴에서 용솟아 오르는 피에 젖은 편지
어머님 전상서 남기고 간
꽃답던 님이시여

이제 조국의 산하도
녹음방초 속에 쓰러져버린
님의 생각에 숙연해 있습니다

유월의 하늘에 공허이
열두 번의 총성이 울리면

조국과 민족을 품에 안고 산화한 님들의
희생정신으로
자유 같은 산들바람은
삼라만상을 어우르고 있습니다

열두 발의 총성을 헤아리며 떠나가는 님이시여
저 높은 하늘 위로
자유와 평화 님들의 이름으로 영원하소서
머리 숙여 삼가 향불로 올립니다

전쟁 이야기

연일 쏟아지는 서울 불바다
TV를 *끄자*
그리고 땅굴을 파자
농부들이여
잠시 농사일을 멈추고
땅굴을 파자
광부들은 더 깊숙이 땅굴을 파자
터널 속에도 가지를 달아
땅굴을 파자
숲 속에도 땅굴을 파자
땅굴을 판 위에 창고를 짓자
안방 장롱 밑에도 깊숙이
땅굴을 파자
두더지 인생만이 미래에
햇빛을 볼 것이다
땅굴을 파자, 이것이 성공한
호치민의 전쟁 철학임을
상기할 때이다. TV를 *끄자*, 작전 개시까지
민방위 대원들은 모두 땅 속에
보관하라

6월의 정원

핏빛보다 진한
빨간 넝쿨 장미가
여름의 뙤약볕에 빛나다

뒷여울이 웅얼대고
앞 논에 개구리 울음
별빛 먹고 깊어지는 밤
6월의 정원에 익어가는 숲 향기
폐로 깊이 스며드는데

타당탕 아이들 전쟁놀음에
외등은 놀라 꺼질 줄 모르는
6월의 정원
아! 우리는 앞으로 이대로가 좋은가
어떻게 살 것인가

피난살이

'애야! 예전에 피난살이라는 말이 있었느니라.'

할아버지가 너만할 때의 일이다.

그때 6·25를 여름피난, 1·4후퇴 때를 겨울피난이라고 했었지.
겨울피난 때 날씨는 추운데 그때 눈은 또 왜 그리 많이 자주 오
던지, 할아버지가 일곱 살, 너만할 때 어른들을 따라 문경새재
를 걸어 넘어갔단다. 가다가다 발이 얼어 퉁퉁 부어오르고 그
자리에 주저앉아 못 일어날 형편이 되었단다. 어른들은 길가에
행군을 멈추고 모닥불을 피워 식구들을 다독이고 길 옆 산 잔
솔밭으로 들어가 소나무 껍질을 벗겨 속살을 끌어 모아 눈 녹
은 물에다 펄펄 끓여 한 모금씩 나눠 마시고 나는 솜이불에 싸
여 소등에 묶여 걷기 시작하였단다. 경상도 함창이라는 마을에
서 피난살이를 시작했었단다. 그 길가에서 소나무껍질을 벗겨
물 마시던 일이 여든이 다 된 나이에도 잊히지지가 않는구나.
그때 껍데기가 다 벗겨진 소나무들은 말라 죽기 전 다 타죽어
산은 빨간 민둥산이 되어 더 잊히지지 않는구나.

고향 갈까?

오늘은
길 잃은 소년처럼
창경원 돌담 밑을 끝없이 걸었다

오늘은
잃어버린 구슬을 찾는다고
자유공원 위로 아래로 헤매었다

내일은
고향 갈까?
잃을 것도 버릴 것도 없이 된

모레도
그 다음 날도 그 다음 날도
고향 갈까? 막연하지만
사랑이 있을 것 같은 고향 갈까?

고향 가던 길

바람이 불었다
고향 가는 바람이 불었다
바람 따라 찾아가는 고향길
옆집에 살던 허씨네
민~ 며느리같이
야위어, 긴 머리 늘어뜨리고
쓰러질 듯 쓰러질 듯 서 있는
박달나무 한 그루가 거기 서 애처로울 뿐
푸른 물결치던 보리밭 언덕엔
찔레꽃 대신 노래방 꽃피었다
술 취한 심정이 되어도
허전한 거리 고향길에서
찔레 가시에 붉은 자국을 남기며
바람을 등지고 걷던 발자국,
질고개 넘어 옥수수밭 지나
서낭당
대장군 있던 자리
고향 가던 길, 아! 고향 가던 길

축복과 희망을 잡는 자리

정상에 소나무
두 팔을 벌리고
잎새에 맺힌 이슬들
햇살에 떨고 있다
그것은 희망의 전율로 이어져
가슴들 용기를 담는 그릇으로
부풀리고
정상의 아침 나라에
그대가 머물던 자리
오늘도
아침 햇살은 퍼져 온누리로 가누나
그대와 나의 슬픔을 한데 모아
다져서 만든 사랑 같은
붉은 눈을 가지고
아침 햇살이 퍼져
온누리로 가누나

해질 무렵
−의림지 십리길

비가 개이고, 숲길을 거닐었네
까치, 백로, 산비둘기 떼지어
우루루 우루루
몰려다니는 해지는 숲길에서
은은히 풍겨나는 사랑 냄새에
취해 버리던 그때의 행복에
오늘 다시 취해보네
그대여 이 숲길은 아직
황금 들녘으로 향하고
수확을 보듯 벅차오르는 풋풋한 향기
이 해지는 숲길을 서성이게 하고 있네
찬란한 낙조는 없지만
비가 개이고
어둠이 찾아드는 숲길에서
느껴오는 오! 이 향기로움
아! 이 산하
해질 무렵, 의림지 십리길
그 언덕 위에
오늘 다시 앉아보네

가을비

나뭇잎 떨어져
어수선한 바람이 이네
가을비 내리는데
낙엽은 쌓여 잠들고
젖은 레인코트 자락에
추억은 매어 달려 울고 있네
우산은 낙숫물 만들어
먼 산을 가리우고
돌모루 모래밭에 물새알 줍던
아이들은 간데없이
갈대꽃은 피고
갈대잎은 울고
외롭게 피어 있는 코스모스 한 송이
제방 위에서 떨며 가을비 내리네
내 서~운한 가슴 적시며 가을비 내리네
마지막 몸부림
갈대꽃 갈가리 찢기며
가을비가 가을비가 내리네

청풍호수의 낙조

잔잔한 청~풍호~수 위로 낙조 한~아름
아름다워라! ~ 아름다워라! ~
서산에 앉은 석양이 호수 위로 비추인
빛이 잉태한 공작새 일만
이~일만의 ~ 기지개를 보라 ~ 편다
아름다워라! ~ 아름다워라! ~
나래를 접는 소리 여울소리 흐트러지며 조용히 쓰러진다
만~남의 광장에서 청풍호수의 낙조 일만에
여울~ 여울~ 아름~ 아름~
황홀한 빛에 머물다 잠들어간다
우우우 ~
우우우 ~
우우우 우우우 ~ ~

숲속에 핀 따알리아 한 송이

그녀의 어머니는 화초를 무척 좋아하였다
그 길을 지나다보면 울 없는 집
그 집 마당가 화단에는 철따라
피는 꽃으로 봉당이 좀 높은 초가삼간
툇마루가 궁전같이 느껴질 때는
그녀가 옆에 앉아 있을 때였던 것 같다
세월이 흘러 기억 속에 사라져가는
퇴색된 옛일들이
잡초가 무성한 숲속에 빨간 꽃술에 흰점 무늬의
따알리아 한 송이가 함초롬히 비를 맞고
있는 모습에서 마당 그윽한 꽃 대궐
그 집이 환하게 살아난다
따알리아 한 송이가
구슬비 오는 긴긴 장마 끝
마당 그득했던 꽃 대궐
그 집이 환하게 살아난다

봄에 한 기약(旣約)
-시인의 영혼

노오-란 민들레 꽃
하이얀 민들레 꽃
곱게 피어나는 봄날
정들었던 곳을 생각해 본다
인생을 더듬어 본다
내 육신은 저 낮은 자세로 땅 위를
기어가고 있는 민들레
내 영혼은 민들레 홀씨 되어
바람에 후~ 날린다
뿔뿔이 흩어져 간다
봄에 한 기약을 품에 안고

오! 내 젊음

자작나무 우거진 산골 오솔길을 지나
우리는 우리의 아지트에 천막을 세웠었지
황혼이 지기 전 부지런히 만들은
작은 마당에 모닥불 피우고
자작 자작 소리 나는 자작나무 타는 소리에
기타 반주를 조율하며 밤샘을 하던
젊은 날 한때의 피서지였던
자작나무 사잇길을 지나 오솔길도 지나
이제는 우리의 인생 굵어져 있네
불러도 대답 없는
오! 내 사랑, 내 청춘의 시절이여!!
그것들이 모두 내 사랑 사랑 사랑이었네
사랑이~였었네, 사랑 사~랑 사~~랑
사랑이였었다네~ 오! 내 젊~음, 젊~~음
내 젊음의 시절이~여

꽃화살

사랑은 받기만 하는 사랑보다
주는 사랑이 더 아름답단다
그런 아름다운 사랑 한 번 해보고 싶었다
드디어 너를 사랑하였기에
오랜 세월 사랑을 줄 수가 있었다
이제 가슴에 하트형 구멍이 뻥 뚫린 것을 알았다
이것이 후회 없는
아름다운 사랑인 것인가?
네가 쏜 화살이 나를 통과하여도
나에게 상처를 줄 수가 없는 것도
이제는 알았다
그때는 아찔하도록
서늘한 바람도 지나갔다.
세월과 함께 아름다운 추억으로 곰삭아 담긴
포도주 항아리 언저리를 맴돌던
그 화살은
거기에 빨대 되어 꽂혀 있었다
아름다운 추억으로 곰삭아 담긴
포도주 항아리에 꽂혀 있는 것이다

분꽃

저녁연기가 피어오르기
시작하면
골목길 끝 삽작문 옆에
서방님 기다리던 꽃
분꽃이 활짝 피어 고개를 내미네
머뭇거리다 발길을 돌리던 그 분꽃
왜 그때 한 번쯤 그 집
마당에 들어서지 못했을까?
분꽃 같던 그녀가 살고 있던 집, 왜
그 집 마당에 한 번쯤 안 들어가 보았을까?
아! 저녁에 피었다가 먼동이 트기 전 지는 꽃
분꽃을 보며 분꽃 같던 그녀를
가슴에 안고 오늘도 분꽃이 지는
새벽길을 나서네

무화과

꽃이 피지 않고 과일이 익어간다네
8월의 태양 아래 무화과나무 그늘에 앉아
그의 꽃주머니를 보았네
수없이 피는 꽃을 모두 주워 담은 그의 꽃주머니가
열매가 되어 그렇게 익어가는 무화과나무의 계절이 오면
감말랭이 같이 손질해놓은 누~런 무화과를
하얀 쟁반에 담아놓고
오지 않는 무화과 꽃님을 기다려 보듯
피지 않는 님의 사랑꽃 기다리다가 기다리다가
나는 울었네, 비에 젖어 울었네
내가 여기서 돌아서면 너는 영원히 잊혀진
사랑되리
찢어지는 가슴안고 그해 여름 긴~긴
장맛비에 젖어 몸부림 쳐 불렀었네

국화

곱게 가을을 불태우는 붉은 단풍
산야를 물들이면
서재의 가을 뜨락엔 국화꽃
산야엔 야생 들국화
모두 겨울 채비로 씨앗을 남기고
지고 마는 이 가을을 지키는
국화꽃!
너의 번식은 뿌리에 오직 뿌리로 남아
흙속에서 숨 쉬고 있구나
오늘은 국화차 한 잔 놓고
이 가을의 시름에 젖어본다

석류의 계절

석류가 익어가는 가을 하늘, 석류송이 가슴 벅차
소리 없이 벌어진다네, 진주보다 영롱한!
보석 알들이 파란 하늘 위에서 붉은 진주
알알이 핏빛으로 숨을 쉬고 있지

석류의 계절에는 그대의 가~슴~이
소리 없이 벌어져 붉은 진주알 영롱한
핏빛으로 맺어질 사랑하나, 내 가슴엔
잉걸불 알-속, 아~ 뜨거워!

진주보다 영롱한 젊은 핏빛 사랑 하나!
석류가 익어갈 무렵이면
백발이 오는 것도 잊고 그 시절에 있었던
젊은 핏빛 사랑 알알이 쏟아져
추억으로 모이네

백목련

옥 같은 열일곱 살 백목련!
하얀 새살이 꽃샘추위에 얼어
시커먼 피멍자국 더러웠는데
곱게 빨아 다시 걸치고 나와 춥고, 가여워서
오늘 같은 날 너를 안고 어여뻐라 백목련!
내 정원 한자락 주련다
다 주련다
바람 한 점 없는 삼월의 봄볕이 따뜻한 날
우리 팔짱끼고 연인같이 한번 걸어보려나
백목련

수선화

달무리 서 있는 밤
개구리가 울고 맹꽁이도 울고
달무리 번지는 밤
달무리 내려앉는다
수선화 만발한 주위로
달무리 내려앉는다
초팔일 알리는 꽃을 향해
달무리 내려오는 이 밤의 향연을 위해
앞마당 전주에 수은등 스위치를 올린다
초팔일의 절기에 밤하늘의 별들은 먼먼 하늘
아득한 곳 깊이 깊이에 박혀 반짝인다
달무리 서 있는 밤 수선화도 멀리멀리
밤 색시 피어나듯 아른거린다
어느덧 목탁소리 조는 듯 불이문을 넘나든다
시나브로 피던 꽃 만개한 수선화 건드리면 터져버릴
달무리 지는 초팔일의 저녁은 깊어간다
수선화 같던 밤 여인 그 얼굴도 멀어져 가누나

옥잠화

성은 옥이요 이름은 잠화라
하루살고 말 하루살이가 아니라
여러 해 산다하여 왕벚나무
그늘 옆에 한자리 주었더니
세월 흘러 옥잠화 집성촌 이루었네
빛을 향해 해바라기 하고 있는
둔덕에 제일 큰 놈이 촌장인 것 같다
우리는 그 촌락의 번성을 위해
한쪽 옆에다 어깨동무하고 살거라
하고 백합 한 뿌리를 심어주었네
먼 훗날 옥잠화와 백합의 교배가
어떤 모양으로 옥잠화로 촌락을 이룰 것일까?
그 이름은 옥잠화가 아닌 옥잠백화
'옥잠백화'라 새 이름을 주겠노라

해바라기

고향이 멕시코라고 하였느냐
해바라기

시베리아 야간열차를 타고
노스케 주머니 속에 숨어 왔더냐
해를 향한 불타는 정열로
동쪽 끝
해뜨는 곳 찾아 왔더냐
해바라기

네가 선 땅은
낯설은 타관이지만
네가 선 자리는 동쪽 끝
해를 향한 불타는 정열로
태양을 맞이할 곳
대한민국 제천이란다
해바라기

먼동이 튼다
너의 웃는 얼굴과
닮은 것도 같은

먼동이 튼다
해바라기

나의 조국에
동이 튼다
해바라기
선비의 지조 때문인지
나에게도 너 만큼이나
태양을 향한 정열은 있었단다

코스모스

가을의 문턱에 서면
언제 찾아왔는가
한들한들 고개 흔들며
넓은 매꼬모 등에 얹고
멕시코 여인의 삼바 춤으로
가슴을 흔들며 찾아오더니
마냥 파란 하늘 송이구름의
추억을 노래하며
그냥 그렇게 맑은 날의
첫사랑 가시리
고개를 떨구고 서있구나

초원에 장밋빛 붉은 글씨로

나는 그대를 사랑하였노라
영원히 변하지 않을
초원에 장밋빛 붉은 글씨로…
나는 진정코 그대를
사랑하였노라
그대 내 사랑의
영원한 그림자!
그대는 나에게 그런 사람이었었네

너는 이름 없던 야생초

너는 이름 없던 들꽃이라 하였느냐
독에 시들어가는 사람을 해독시킬 수 있는 야생초
가려움을 잊게도 해주는 야생초
이름 없는 들꽃이라 하였느냐
눈에 잘 띄지도 않는 보잘것없는 잡풀
아직도 꼭꼭 숨어 있을 신비의 약초
그 약초가 되어 어느 날 내 앞에 나타난
너는 아토피성 피부에 명약 너는 백선병의 신약
너는 당을 싹 빼내주는 특효약 너희들이 어찌 다 내 앞에 나타나
들풀이요, 들풀이요 하며 살았더냐
너는 이름 없던 야생초
사람의 무리가 군중으로 모여 웅성거릴 때
그저 사람의 무리일 뿐이듯
산야에 흩어진 너희들 야생초
뜯어보면 사람 하나하나에 쓸모가 다 있는
빛나는 전문가로 자기 위치를 잡아가듯
찾아보면 대단한 신비의 명약에서부터
자기 전문분야를 지고 태어난
야생초 무리들을 나는 오늘 새롭게 대하고 섰다
호! 신기도 하여라, 호! 신기도 하여라

그대에게 바친 한 송이 꽃의 의미

처음에는 꽃은 신비로웠다
그래서 자주 찾아보았다
그 속에는 형용할 수 없는 아름다움이 있었다
내가 범할 수 없는 그런 사랑의 내공을 간직한 것 같은 예감도
들었다
꽃이여, 아름다운 꽃이여!
내 정신을 몽롱하게 만드는 향기는 어디서 나는 것일까?
꽃이여, 사랑스러운 꽃이여!
그냥 두고 갈 수가 없어 어느 날
한 송이만 이 한 송이만 꺾어 님에게 주노니,
그대 품에서 내 꽃이여 잠들라
아주 영원히 그대 마음, 물들여다오

서리꽃

겨울 마당에 서보았네
앞산 계곡에 자욱한 서리꽃
옆 산 계곡으로 반짝이는 서리꽃
텅 빈 분수대에 옮겨 심고
분수로 물을 뿌려주었네
얼음기둥 위로 피는 서리꽃
가로등을 뽑아다 얼음기둥을
비추어 보았네
옆 산 계곡으로 반짝이던 서리꽃보다
더 아름다운 꽃 되어
토라진 연인들을 유혹하고 있네
누구도 꺾으려 하지 않는 저 서리꽃의 광채는
시시각각으로 변하는 죽어가는 카멜레온의
비늘이 떨며 우는 장송행진곡!
마지막 비장한 빛으로 죽음에
의식을 마치고 쓰러져간 카멜레온을 탐하던 겨울은
몸을 떨고
서리꽃은 삭풍의 품에서 나비춤 추네
겨울은 깊네

명자나무 꽃소식

고향에서 본 명자나무 꽃
동네 어귀가 되던 큰길가를
등지고 내 뒷동산 위로 노을이 보이는 동쪽에
마루가 놓여 있었다, 꼭 석양이 질 무렵이었다
노을이 보이던 툇마루 위에 명자나무 꽃이
내 뒷동산과 먼 거리에서 마주보고 있는 것이다
그때 한 삼년 동안 세 번을 볼 수 있었던
명자나무 꽃
혹은 마중물 펌프에 부어 올리는 일을 한두 번 본 듯한…
60년이 흘러 노목이 되어 영등포 어귀에서
굵은 뿌리 땅속 깊이 내리고 남한강 물만 골라 길어 올려
이른 봄이면 작은 키에 명자꽃을 피워
지는 꽃잎 봄바람에 고향으로 띄운다고
풍문으로 번져오는 명자나무 꽃소식엔
왠지 모과꽃을 볼 때 같이
내 마음이 찐한 데가 있다

명자나무 꽃: 모과나무 꽃과 비슷함

모란꽃 꺾었네

작은 화단에 곱게 기르던
모란꽃 세 송이를 골라서
골라서 꽃을 꺾었네
내 님의 손에 닿으면
너는 더 예뻐질거야
너는 가서 내 님의 품에 안겨
님과 함께 더 예뻐지거라
황망(慌忙)히 꽃을 꺾었네
난생 처음 내가 꽃을 꺾었네
목단씨 받으려 애지중지 하던
모란꽃 꺾었네

10월의 마지막 날

10월의 마지막 날에
하루 종일 비가 내리네
배추 잎사귀가 누렇게 물들기 시작하는데
느티나무 단풍은 비바람에
제 갈 길로 가 버리는데
10월의 마지막 날에
하루 종일 비가 내리네
우리의 고민을 가슴에 가두고 창문을 열게 하며
떠나가는 낙엽 위로
10월의 마지막 날에 하루 종일 비가 내리네
거울에 비추이는 하얀 눈이 쌓이는 듯한
흰머리가 고독을 부추기며
10월의 마지막 날에
하루 종일 비가 내리네
비 오는 창밖의 황락(黃洛)을 눈여겨 살피면서
쓸쓸한 마음에 깊이 잠겨보는 황혼의 뒤안길에서
10월의 마지막 날에 하루 종일 비가 내리네

꽃이 핌을 알리는 바람

높새바람 수수밭을 흔들어놓고 가면
하늬바람 서풍으로 와 거저먹고 간다네
북풍 설한풍 바람 매질이 북새바람 등을 밀고
꽃샘추위가 밀려들고 있었네
남쪽에서 부는 남풍
잎을 틔우고
꽃이 핌을 알리는 바람! 화신풍
그래서 오는 봄도 좋더라
그 바람 불어와 꽃봉 터지는 소리에
여인으로 터지고 싶어 두근거리는 가슴
옆집 총각 네 탓이라
황소도 희쭉 웃고 가는 봄이 좋더라
꽃이 핌을 알리는 바람 때문에
앞뜰 뒤뜰 동, 서로 텃밭
이산 저산에도 강 건너
앞산에도 꽃불이 난다
와도 봄바람! 가도 봄바람!
꽃이 핌을 알리는 바람! 화신, 화신풍
이 봄이 끝나기 전에
내 영혼을 데리고 다시 한번 온몸으로 부딪치고 싶어라

결의 파동

우리의 몸속에 심장의 박동은 우리의 혈관을 통하여
혈액의 결을 이루어 돌게 한다
거기서 인간의 생명의 박동, 맥박의 힘찬 결의 움직임!

룡의 비늘 같은 소나무 껍질 속으로 나무의 수액은 돌고 있다
나이테의 결을 이루며~~
나무를 돌고 있는 수액의 움직임, 결의 파동에 의한
생명의 솔잎 끝이 파란 눈동자의 초록빛이다

도도히 흐르는 강물의 물결 넘실대는 바다의 물결은 그 자체가
결의 파동으로 좋은 물은 육각수의 생명체를 품고 태어나고
나쁜 물은 썩은 물로 흘러간다, 바다를 향하여!
그 흐르는 결의 파동은 주체할 수 없는 거대한 우주의 에너지가
형성되어 한때 미쳐버린 태풍이란 바람도 일으킨다

차다, 뜨겁다, 그것은 극과 극의 만남의 소용돌이이다
파도여 쳐라, 하늘 높이 치솟아 올라라 우리는 먼 산에서
너희들을 굽어보리니

수도산

왕벚나무는 두 아름에 키는 오층 빌딩이네
칠낙엽송은 두 아름에 키는 칠층 빌딩이네
오리나무는 한 아름에 손바닥 만한 잎새로
태양을 가리고 있네

철조망을 뚫고 개구멍으로 들어와
잔디밭에 앉아 지나가는 바람 벗하며
시가지를 굽어보니 잠시 쉬어가는 피서지는
수도산이 최고였네

수위에게 들켜 쫓겨나기 전 왕돗자리 펴고
낮잠 한잠 청해 볼 것이오?
옥수수 사러 간 아이는 돌아오지 않고
또 한 아이는 숲속으로 까투리 쫓아가네

푸른 잔디밭 땅속엔 꿀물이 흐르는 소리
매미 소리 자지러지니 숲에 가리어 빠꼼이 내민 저 하늘
에-라 내 활개 펴고
낮잠 한잠 청해 볼 것이네

수도산: 충북 제천시 남천동에 위치한 수원지가 있던 산

뽕

서울에 가면 잠실이란 동네가 있다네
누에를 치던 곳이라네
제천에도 60년 전쯤 의림지 못 아래
잠실이 있었는데 누에고치에서 명주실을
뽑아 비단 짜던 그 세~월은 옛날
뽕따러 간다는 유행어는 비단실의 시절이었어
뽕나무 과일이 되어가는 오디 때문에
기존의 뽕나무보다 오디 생산이 열배 늘었다는
신종 뽕나무를 개발했다는 것이네
아이들은 뽕나무 밑에서 까매진 입술
드러내고 뽕뽕하며 해~맑게 웃고들 있네
까만 입술 드러내고
히~히 서울서 왔어요, 뽕 먹으러~
예쁜 조무래기들이 시골 맛을 보려 하네
기특하기도 하여라

은행

노~란 은행잎
문 앞에서 가을 어서 가세요. 가을 어서
오세요, 분주한 은행잎
나무엔 점점 은행만 매어달린
암컷 은행만 살쪄 보이네
경기도 양평 용문사에 은행나무가
천세를 누리며 육십 미터가 넘는 장대한
키를 자랑하며 용문사에 공양 올린다는데
제천의 도로가에 즐비한 가을 문지기
수컷 은행나무들은 언제나 철이 들까?
걱정되는 가을비 내리는 보도 위에
덕게덕게 차곡차곡 은행잎만 쌓이는데
가을 빛줄기 쉴 새 없이 풀칠만 하고 있다네

술을 마시는 포도

너는 어떻게 요모냥이냐
네 주인님 원래 포도라는 놈이
천박한 마사땅 이 제천에서는
제구실을 다 못합니다 예끼 고얀 놈
제천 땅이 천박하다니
나를 박아 놓은 흙이 그러하니 어쩝니까?
내 고향 안성, 안성농고 옆편으로
긴 야산을 타고 내려가면
황토다 못해 붉은 색이 도는 점토 산자락으로
우리는 대가족을 이루고 살았었지요
우리가 익어 가는 칠월에는
그 야산 정상에 백 미터도 넘게 판
샘물을 길어 올려 우리는 곱게 목욕하고
밀려드는 손님맞이에 분주했지요
어느 날 주인님의 아버지께서 곱디 고운
마님을 모시고 내 고향 삼도 포도원에 오셨다가
하! 그놈들 참 탐나는구나! 하시고
내 오른팔을 뚝 잘라다 이곳 제천에 박아 놓은 이후
요모양 요꼴로 포도송이 하나 제대로 된 것이 없이
병 속에 갇혀서 독한 소주 냄새 맡으며
기다리고 기다리다 그 긴 세월 대를 이어가며

주인님의 술시중이나 들고 앉아있는
포도주 병 속에서 하소연 제대로
해보고나 살고 있습니까?
오늘 이렇게 술상에 마주 앉았으니
고향 생각 고향 자랑 그 독한 소주 혼자 다 마시고
붉은 눈물 되어 주인님의 잔 속을
흐르고 있지 않습니까? 나 취했습니다
꼴깍 꼴깍 흐를 때 말이나 실컷 하고
주인님 목 안으로 들어가렵니다

안성농고: 안성농업전문대학 전신

제천 소나무 풍경

심심산천 깊은 계곡
바위 위에서나
높은 산 산울림의
품안에서나
구름타고 노닐며 바람 먹고 자라던
저 소나무 제천골 소나무
35℃의 불볕더위에
사람들은 모두 휴가 떠난 도시에
병원 앞에 옹기종기 모여 앉은 저 소나무는
환자 가족
한전 앞에 모여 앉은 저 소나무
밝은 불빛 아래 밤을 새우고
참전 기념탑 옆에 모여 앉은 저 소나무
참전 유공자 가족
시민탑 옆에 모여 앉은 어린 소나무들
희망의 상징으로 자라고
제천역 앞에 모여 앉은 소나무 숲 밑에
이정표 잃은 나그네 한 사람이
쭈그리고 앉아 쉬고 있네
바람아! 바람아 불어라
나그네 땀 냄새, 시름 젖은 한숨 모두 실어 보낸 뒤

솔향기 솔솔 뿌려 돌아오는
여행객들 황량한 지친 가슴에
솔향 사랑으로 안아 주려마

느티나무

입영통지를 받아들고
그녀를 만났다
별로 할 말도 없었다
초록이 무성한 느티나무 아래를 걸으며
그녀는 말했다. 저 나무 이름이 뭐야?
글쎄! 내가 가르쳐 줄까?
저건 느티나무야!
나는 그녀의 입에서 네가 나무라면 저렇게 생겼을 거야!
라고 이야기 하는 소리를 듣고 싶도록 적당히 나이 먹은
틀이 꽉 잡힌 느티나무 밑을 그때 우리는 손을 잡고 걸었다
제대를 하고 나는 그 느티나무 밑에 혼자 서 있었다
그리고 나는 내 옆에 느티나무를 한 그루 심었다
세월이 흘러 어느새 성년에 들어선 느티나무 밑
운동장 삼아 뛰어 놀던 손자가 제 부모 따라 떠난 뒤
그 작은 운동장에는 낙엽이 쌓이기 시작하였다
느티나무 낙엽을 밟으며
그리움이 크는 가을에 띄우는 편지라도 쓰고 싶은 날엔
부는 바람도 으스스 체온을 떨구고 간다
곧 아이 할머니가 모두 쓸어 없앨 소복이 쌓여있는
느티나무 낙엽을 오늘은 할 일 없이 밟아본다

내 숲속엔 표고버섯

정원 안에 나무들이 자라 우거져 깊어진 숲
갖가지 버섯들이 여기 저기 솟아
오르는데 독버섯만 같아 보인다
뒹굴고 있는 참나무 토막에
표고버섯 종균을 심어 돌 틈 사이에
몇 등치 던져 놓았다
까맣게 잊고 있었는데
한 일 년쯤 뒤 그곳을 지나다 보니
알 수 없는 낯선 버섯들 틈에서
표고버섯이 함박 올라와 있구나
멋대로 자리 잡고 있는 낯선 버섯들
대충 솎아 치우고 표고버섯을
다독여 주었더니 숲속이 대견해진다
숲속에 핀 표고버섯이 더없이 대견해 보인다
꽃이 따로 없구나

모과꽃

나뭇가지에 연지 찍고
색시꼴로 매어 달린
모과꽃

열매가 두루뭉술로 못생긴 얼굴로
향기는 그윽해 어쩔 것이냐고
수줍어 고개 숙인 꽃
모과꽃

나뭇가지에 연지 찍고
색시꼴로 매어 달린 꽃
모과꽃

그리움 실은 앞산 계곡에
떠 흐르는 운무를 타고 오르는
그 님이 그러했었네

제천 꿀사과

정원의 새벽은 희뿌연이 몰려온다.
정원의 아침은 푸르스름하게 달려온다.
가을 햇살이 따끈따끈 퍼져가는
사과나무 밑에 은박지가 깔려
반사되는 빛이 살랑살랑 부는 바람에 날려
창공을 수놓고 있다
살며시 나무 밑에 드러누워본다
나뭇가지에 매어 달린 붉게 물들은 사과는
어느새 꽃이 되었다
벌, 나비가 모여들어 꿀을 만드는 공장이 되는 건 아닐까?
어머니의 웃는 얼굴이 나무 위에 있다
사과를 따서 던지신다
일어나 사과를 받아드는가 했더니
과수원 주인이 웃고 서 있다
지인은 내 옆에 앉으며
제천 꿀사과의 대를 이은 과정을 한참 설명해 준다
늘 마음에 있었는데 그렇게 못했다며
떠나오는 내 차에 사과 한 박스를 실어준다
사과 속에 벌, 나비가 꿀집을 만들어 놓은 꽃
그 황금 사과, 제천 꿀사과를

감나무

늦가을이 되면
앙상한 감나무에 감꽃이 핀다
땡감, 홍시, 침시, 곶감만
알던 시절 지나
이제는 씨없는 감에
감 말랭이, 곶감, 아이스 홍시, 반건시, 감식초
감 와인, 감 동동주, 감 막걸리, 감 제품만 20여 가지가
쏟아져 나와 외국 수출 나들이까지 하는
세월을 맞이하는 신나는 산촌도 있다는데
이곳 산촌 한수면, 앙상한 감나무에 빨갛게
핀 감꽃은 된서리에 쪼그라지고
까마귀 까치떼 까악 까악
감의 지나온 세월을 청정지역에
담아, 노래하지만
싸~한 차가운 공기 흔들거리는
앙상한 나뭇가지에 매어 달려 까마귀, 까치떼와
놀고 있는 적막한 산촌 동네엔
풍요는 간데없이 산울림만, 산울림만
적막을 깨고 있을 뿐이네

−청풍, 수산, 덕산, 한수를 돌아본 어느 가을날 금수산 자락에서

64

도시의 거리

나는 나무 가꾸기의 포부를 안고
도시를 가꾼다
나무 한 포기에
그리움을 심고
나무 한 포기로
먼 후일의 사랑을 결실할
꿈을 심는다
먼 후일의 사랑의 결실을 바라는
도시를 가꾼다
소나무 가로수!
거리는 산속의 오솔길
그 길로 민족혼은 달린다

목공예

주목, 편백, 잣나무, 느티나무, 향나무
오동나무, 벼락 맞은 대추나무……
그러고 보니 목공예가 생각난다
공예작가의 손에서 나무들의 특성과
은은한 향기가 퍼지네

나무마다 그 은은함의 정도가
그 향기 또한 다르듯
빛깔 또한 무늬도 제 생긴대로 다르네
주목으로 곱게 다듬은 작은 문갑에
거울을 달아
내 어머님 방에 하나 갖다 놓아 드려야겠네

보름달 같은 두리반도
만들어 손자손녀들 시집 장가 갈 적에
하나씩 주어야겠네

돌아온 정원사의 사랑

님은 갔다
젊음도 갔다
옛날은 흘러갔다
돌아온 정원사의 사랑은
그때 그 자리에 있지만
더 크고 더 무성한 초록과
그 사이를 스쳐가는 바람뿐
그가 서있는 자리에 그림자가 드리운다
파이고 잘려나가 반쯤 남은 동산에서
한줌 흙을 움켜
살에 문질러 보는 돌아온 정원사!
님은 가고 없다
옛날은 흘러갔다
돌아온 정원사의 사랑은
한줌 흙을 움켜 가슴에 안아보는 것이다

돌아온 정원사!

지금 내 정원은 자귀나무 잎이 가슴을 펴 반짝이는
이슬 구슬을 자랑하는 초야의 10시이다
높은 하늘을 가로지르는 외출하는 백로의 날갯짓에 이는 바람
이런가
숲속의 고요! 유월의 정원사!
나뭇잎 흔들어 깨우는 바람만으로도 설레는 마음뿐인
돌아온 정원사!
초록은 무성했다
초록은 질서 정연했다. 초록은 바람과 함께 아직 있었다
싱그러운 초록은 바람과 함께 그를 맞이하고 있었다

돌아온 정원사의 꿈

산을 전부 들어내어
허허벌판을 만들어
공장의 숲을 만들거나
빌딩의 밀림을 만들며는
정원사의 할일은 생겨도
정원사의 꿈은 사라진다
도시에는 정원사의 꿈을 심자
산을 들어내어도 옛 동산은 그냥두자
추억의 거리에는 추억을 심어 가꾸도록 하자
정원사가 펼칠 수 있는 상상의 나래대로
심고 가꾸는 도시는
낙원이 될 수밖에 없는 것으로
돌아온 정원사의 꿈이 있기 때문이다

정원사

집 주위엔 나무들 숲을 이루고 있습니다
숲이 우거지며 높은 나뭇가지에 까치집
청설모, 다람쥐 모여 들고
느티나무 아래 놀이터에는 은행잎도 쌓이고
소나무 밑으로 솔잎
바람에 날아온 빨간 단풍잎 주워들고
정원사의 손자, 손녀들
왁자지껄 놀이가 벌어졌습니다

레일을 구르는 열차가 긴 꼬리를 물고
달려가는 것을 놀란 눈을 하고 두 손 불끈 쥐고
바라보고 서 있는 네 살배기 아이들이 있습니다
정신없이 서 있는 그 모양은 아랑곳없이
한쪽에선 낙엽을 치우겠다고 싸리비를 들고 나서는
초등학교 아이들도 있습니다
이 정원을 둘러보면 안 되겠느냐고 가끔
정원가를 기웃거리는 상춘객도 보입니다

괴석도 놓고 수석도 앉은 자리에 있고, 아직 글씨가 없는
백지 시비도 세워 놓았습니다
꽃 다리도 놓았군요

새벽이면 통근열차 달려가고, 석양이 질 때면
퇴근열차 분주하게 철길을 달려오면
정원의 숲속에선 산양 삼이 꿈틀거리고
정원사의 검은 솥 속에서는 뱃속에 20년생
산양 삼을 먹은 씨암탉이 펄펄 끓고 있습니다

느티나무가 한발반 정도 굵어지면
한그루 솎아내어 잘 말려서 식탁이며 근사한 탁자 몇 개를
만들어 볼까 정원사는 낙엽 지는 숲
오솔길을 뒷짐을 지고 산책 중입니다

철로가 정원 수목원에서 500m 이상
물러나며 수목원의 나무 키를 줄여야 할 걱정이
사라졌다는 것입니다
하늘을 찌를 듯 크는 키를 보며 정원사는 스트로브
잣나무의 둘레를 재어봅니다, 두서너 그루 솎아서
독서용 책상을 몇 십 개 만들어볼까
계산 중에 있는 정원사는 조용히 소파에 앉아 있습니다

창밖 화단엔 많은 꽃들이 벌, 나비들을 불러 모으고
햇살은 찬란한데 정원사는 무엇인가를 누구인가를

기다리고 있는 것 같습니다
그 오랜 세월을 기다렸으면서 더 기다려야
할 그 무엇을 안고 가는 듯 정원사는 오늘도 조용히
책을 본다든가 글을 쓴다든가 아니면 자연과
함께 토닥이며 일손을 놓지 않고 열중하고 있지만
정원사의 밤의 여로는 대부분 사과나무, 밤나무,
대추나무, 매실나무 등을 아기 딸의 버팀목으로
심어놓는 일을 꿈꾸는 일이 아닐까 싶습니다

정원에 햇살 내리다

지난밤 천둥번개가 요란하고
비바람 불어와 밤새도록 정원이
수런거렸다. 방 안에서도 어둡고 무서운 긴~밤
조용한 아침햇살이 퍼진다
정원의 수목에 초록들은 햇살에
눈물방울로 세수하며
조용히 웃음 지며 햇살과 대화하고
있는 모습들이 정말로 아름답다!
막 피어오르기 시작하는 꽃들은
햇살내리는 이 아침에 또 어떠하랴. 보았느냐!

정원사 2

백지 오석 시비감을 세워둔 정원의
자연석 큰 말뚝에 오! 신이시여, 영감을 주소서
시인이 된 정원사는 그 옆을 지날 때마다 머리를
조아리다 염원에 젖어 들기도 했었다
정원사의 정원에 20년째 정원 지킴이가 된 자연석이
된 오석 말뚝에 시를 깊이 새겨 놓을 때가 된 것 같다고
정원에서 따온 붉은 장미 한 송이를 들고 무언의 돌 위에
시인은 글을 새겨 넣고 있다
초원에 장밋빛 붉은 글씨로

정원사 3

사방, 사방 나무를 심자
애인을 사방, 사방 심으면 죽을 일만 남지만
나무를 사방, 사방 심으면 살 일만 생길 것
내 집 울 안에 울 밖 언덕에
사방, 사방 나무를 심자
여름이면 햇빛을 가려주고
바람을 부드럽게 머리칼 어루만지게 하는
나무를 사방, 사방 심자
공기 중에 산소를 불어넣어
우리 몸에 피를 맑게 정화 시켜주는
나무를 사방, 사방 심자
새들도 모여들고 그 아래 야생화들
수많은 약초들, 버섯들 매미의 보금자리 숲을 이루고
정원사를 바쁘게 만들어 세워 놓은
승용차가 새똥을 뒤집어 써
새 똥간이 되어도 물 호소에 스위치
누르면 다 좋다고 웃어버리는
그렇게 사방, 사방 나무를 심자

솔밭정원

청솔이 무르익네
가벼운 식단 들고
칠월의 바람 오네

긴 옛날이야기는
한손에 들고
칠월의 바람이 오네

참나무 장작 어깨에 매고
돌쇠가 땀 흘리고 지나가던
오솔길 옆 잔솔 밭

육십 번의 나이테를 더 두르고
홀쭉하게 키가 큰 설익은 솔밭정원
그 그늘에 안겨보네
요사한 맞바람이 가슴 안까지 파고드네

의림지 바람 맛
겨울밤 토방에서 마시는 동치미 맛
피부로 느끼는 여름의 한낮
피재를 타고 내리던 골바람이 솔밭정원에서 놀다가

여름 요정 손을 잡고 솔밭 틈을 비집고 가네
호수를 너울너울 건너 못 뚝에 있는
큰 솔밭을 거닐어
빈 정자를 맴돌고 있네

정원사 4

창밖에 밤새 첫 눈이 하얗게 쌓였습니다
정원도 하얀 저고리가 덮은 여인의
젖가슴이 되어 반듯이 누워 있습니다
그 치마폭으로 세상을 덮으려 하고 있습니다
시인의 시선을 끄는 것은
정원 지킴이가 된 자연석 오석 말뚝!
정원사는 20여 년 써온 시 중 오늘
이 풍경에 맞는 시를 흰 글씨로 꼭꼭 눌러 쓰고 있습니다

내 울 안의 생태 정원사

병들은 정원사는 울 안에 갇혀 겨우
정원을 가꿀 수밖에 없다
환자가 지키고 있는 정원은 구석구석 손 볼 수가 없다
그래서 그 환자의 정원은 오솔길이 조금 나있을 뿐
내 울 안의 생태 정원사, 환자의 상상의 벽시계가 몇 개
군데군데 걸려 느리게 돌아가고 있었다
그림자, 그림자 그림자만 키우다,
나무도 크고, 땅도 크고, 야생화 피고 지고
해 맑은 태양 노을 지는 노을 빛
땅거미가 땅을 해치는 소리 땅거미가 땅을 해치는
밤이 오는 소리 땅거미마저 꿈속을 헤매고
모든 역사는 밤에 이루어진다네
내 울안의 생태 정원사, 켜놓은 촛불마저 꺼져있네
시인은 말하네, 모든 역사는 밤에 이루어진다고 하네
꿈의 나래를 펴고 있네
내 울 안의 생태 정원사! 꿈에서 부르짖네

정원사 5

정원의 밤하늘 위에는 오늘 밤만의 가족들이 있습니다
가깝고 멀고 먼 가족까지 합치면 밤새도록 세어도 세어도
끝 간 데 없이 가깝고 멀고 먼 오늘 밤만의 정원사의 가족들
갑자기 이 밤 임종을 알리는 별의 빛이 광채를 내며 사라집니다
꼬리를 잡을 찰나도 없이 사라져버렸습니다
친구 말로는 그게 별똥별이라 합니다
이런 밤이면 정원사의 정원은 더없이 고요해집니다
풀벌레 소리 간간이 들려옵니다

　저 별은 나의 별 저 별은 너의 별 저별은 너의 별
　저 별은 나의 별 저 별은 너의 별 저별은 너의 별
　~ ~ ~ ~ ~ ~ ~
　금을 그어~보니 정원~만한~ 원이~
　하늘에 생겼습니다.
　그 속에 있는 별들 모두가 하늘위 내 가족이 된 것입니다
　내 가족이라 생각하고 바라보는 별들은
　모두모두 사랑의 별이 되어 반짝입니다

생태 정원가

내 정원의 나무들은
누구 키가 더 큰가 경쟁 중이네
내 정원의 나무들은
누구 몸통이 더 굵어지고 있나 경쟁중이라네
심지도 뿌리지도 않은
뽕나무며 아카시아 꽃향기
통일된 푸르름 속에서
꽃잔치가 철따라 벌어지고 있네
저 살구나무 뿌리가 삼백년이 넘어갈 때가 되면
목탁을 만들어 부처님께 공양 올리리라
나무관세음보살……
세존(부처님)이 앉아 계신 숲속의 '산사'
생태 정원가를 산책하는 사람들 속엔
나룻배를 타고 온 그녀도 합장하고 거기 서있네

정원사 6

정원사는 숲속으로 들어갔습니다
늘 하듯 나무 등을 쓸어안고 힘을 주어 들어봅니다
반복해서 세 번 좌로 세 번 우로 세 번
다시 위로 세 번 좌로 세 번 우로 세 번
등에 짊어지기 세 번 옆으로 재껴보기 좌우로
세 번 그리고 하늘을 보고 팔을 벌려 코로 들이 마시기
가슴을 조이며 입으로 크게 내뿜기 하늘 한 번 쳐다보고
땅 한번 내려 보며 심호흡 아홉 번
정원사가 팔십대 이후의 건강관리를 위한다고
나무를 심고 숲을 가꿔 온 이유 중의 하나와
정원사는 늘 함께 하고 있습니다.
정원사는 나무가 가지고 있는 우람하고 견고한 힘의
자연 생태적 생명력을 진리로 삼고 그 기를 받는다고
태교하듯 진지한 자세로 나무를
부둥켜안고 숲속을 움직이려 하고 있습니다
우리는 정원사의 80대 이후의 건강을 아름다운 마음의
실눈으로 지켜보는 것입니다

정원에 내리는 별빛

여름밤 모기향 그윽이 번져나는
정원 잔디밭 위로 은하수
내리었네
저 별은 아빠별 저 별은 엄마별
저 별은 아기 딸별 저 별은 아들별
저 별은 며늘 아가별 저 샛별 막내 딸별
저 별은 사위별 저 별은 장손자
왕별 저 별은 손녀별 저 별은
외손자 장군별 저 별은 외손녀
사랑, 사랑, 사랑 별이로구나

정원사 7

솔 방죽을 의림지 권역으로
한국인의 정원으로 가꾸면 좋겠다
제천인은 손님맞이에 자리를 내어주자

마을마다 마을 정원

용두산 자락 방대한 의림지 전역
을 아세아인의 세계인의 정원으로
가꾸어 펴내자

정원사는 그 근본에
우륵의 약수 물로 안친
의림지 쌀밥 한 그릇의 꽃나무들이
영원할 화단 가꾸기에 힘써주면
조상님들 얼굴이 빛나 제천인
모두에게 복되어 돌아올 것인걸

마을 정원

농촌 마을부터
아이들 재잘거림이 뻐꾸기
뜸부기 소리와 어우러지는
마을 정원이 가꾸어지면
좋겠네

소도시마다
아이들, 임산부, 노인들이
청설모, 다람쥐와 함께 어우러지는
도시 정원이 가꾸어지면
좋겠네

공원보다 놀이터보다
아담하고 정겨운 마을 정원
정자나무는 15~20문패를
달고 서 있으면 좋겠네

하늘 정원에서의 꿈

하늘 정원에서 앉아있던 벤치는
구름이었어
구름을 타고 별을 만나면 별을 품고
달을 만나면 달을 품고
태양을 만나면 태양을 업으며 걸었던 거야
그 하늘 정원에서
밥상머리에서 늘 같이 했던 식구들과
같이 할 수 있었던 행복한 시간도 있었어
나 혼자 간직했던 수많은 날의 고독과 외로움이
하늘 정원에서는 확 터져 불꽃되어 날아가 버렸던 거야
내안에 결정체로 보석되어 반짝인다고 생각했던
시의 조각들이 그 불꽃 속에서 한순간에
녹아 들어가 터져버린 거침없는 시간들이었어
하늘 정원에서의 소중함은 그것을 모두 허상이 되고
꿈 이야기가 되었지만 꿈속에서는 행복했었어
깨어나고 싶지 않은 정말 행복했던 꿈

내 정원에 님이 오셨습니다

님이 오셨습니다. 꿈에서 찾아 헤매던
그리웁던 님이 오셨습니다
분단장하고 기나긴 겨울 지나 목련 같은 모습으로
싸늘한 대지에 반짝이는 햇살에 몸 맡긴
목련 같은 우리님이 오셨습니다
님이 오셨습니다, 목련꽃 한 송이 꺾어 들었습니다
놓칠세라, 그리웁던 님의 곁으로 달려갔습니다
빨간 열매가 주렁주렁 달린 300년근 산삼
송두리째 뽑아들고 내 님이 오셨습니다
아~ 내 님이시여! 내 정원에 님이 오셨습니다

2011년 4월 5일 발행된 수필집 『미래를 여는 글』 230~233쪽에
실은 글을 다시 한 번 발췌해 본다.
또한 신틸이 산 정상에 대형 전망대를 세우고 전망대에서
폭포를 마주보며 가로질러 계곡을 건너가는 출렁다리를 놓아
식당촌 뒷골에서 내려 폭포로 내려오는 시설물을 건설해주면
어떨까 생각해본다.

그림: 연지

2부

시인의 한 수

신털이 산의 축제

신털이 산은 수문으로 쏟아지는 물길을 따라 내려가다 폭포 쪽으로 원을 그리며 작은 산을 이루고 있는데, 의림지 부근 땅들이 대부분 마사 땅에 비추어 이곳의 토질은 진흙이 좀 섞인 나무가 성장하기엔 참 좋은 토질로 덮여있는 아담한 등선을 이루고 있는 곳이다.

신털이 산을 짜임새 있는 울창한 수목원으로 가꾸어 휴식 및 학습공간으로 의림지 재림이 한국 제일의 유원지로 돋보이게 키워 나가는데 뒷받침이 되어갈 일에 나는 오늘 손을 대게 되었다.

나무를 심기 전에 먼저 호수 아래 밖모산 동네 수문수로와 좀 가깝게 대형 주차장이 마련됐다고 하자. 찾아드는 관광객들이 그곳에 차를 주차하고 수문 수로 뚝길을 타고 새로운 정리된 길을 따라 올라가면 지금 폐허가 다 되어서 옛 수리조합 관사였던 수문장 별채가 잘 복원된 서쪽 신털이 산을 끼고 호수 남쪽 제방에 올라서게 된다. 그곳에서 서쪽으로 20m쯤 가면 신털이 산 입구에 서게 될 것이다.

신털이 산을 향해 올라가면서 사람과 함께 자연을 느끼며 서 있던 잘 배치된 노송들과는 달리 사람들의 접근을 막으려는 듯 빼곡히 들어찬 소나무가 길을 막고 서 있는 것이다. 우리는 신털이 산이 유원지와 함께 역사 속에서 잠들지 말고 제 2의 생을 살 수 있도록 나무들을 사람과 함께 할 수 있게 5분의 1 정도만 배치하고 솎아낸 나무는 다른 곳으로 반출하여 제원을 만들어야 할 때가 된 것 같다. 잘 배치된 소나무 밑에 북쪽 산기슭으론 진달래를 깔아 심고 남쪽 소나무 밑엔 잔디를 잘 길러주고 신털이 산을 넘는 길을 내어 작은 산 정상에는 전망대를 설치하여 주고 그 길을 따라 남쪽 넓은 뒤뜰 중 신털이 산과 접해있는 농지를 3만 평 정도를 구입하여 울창한 수목원으로 가꾸어 휴식 및 학습공간으로 장만해 보는 것이다.

3만 평 중 2만 평의 부지에는 우리나라 중북부에 서식하는 침엽수, 활엽수 등을 작은 부록에 종류별, 집합 형식으로 배치해 심어보기로 하자.

살구나무, 매화, 목련, 모과, 복숭아, 사과, 매실, 자두, 산수유, 뽕, 탱자, 무궁화, 자귀나무, 함박꽃나무, 회양목, 향나무, 흑백나무, 철쭉, 찔레나무, 주목, 으름나무 그렇게 계절 따라, 크기 따라 잘 정돈된 길을 따라 소나무, 참나무, 오동나무, 오갈피, 엄나무 숲을 지나 앵두나무, 싸리밭, 신갈나무밭, 산딸기밭, 사철나무, 비자나무, 벚나무, 버드나무, 박달나무, 비주나무, 물푸레, 오리나무, 명자나무, 마가목, 보리수, 떡갈나무, 대추, 단풍, 닥나무, 다래나무, 느티나무, 구상나무, 구기자, 개암, 개나리, 감나무, 가문비나무의 숲길은 10년 정도만 지나도 의림지 재림을 뒷받침 할 또 다른 명소로 커갈 것이다.

5000평에는 제천 소나무 묘목밭, 제천사과 묘목밭(신품종),

수백종의 장미 묘목 등 묘목 생산으로 제천에 소요되는 묘목들을 100% 수입하고 있는 현실에서 묘목을 타지로 수출하는 고가 품목을 개발 지역 경제활동에 자금 유출을 막는 선도적 역할을 부여할 수 있으며, 나무 묘목관리의 교육장으로 활용할 수도 있을 것이다.

환경보존을 위해 나무를 심는 일보다 더한 일은 없을 것 같다. 청정 제천을 유지할 수 있는 최상의 일꾼은 나무이기 때문이다. 한 그루의 나무를 베면 열 폭의 나무를 심어 환경운동을 한다는 나라도 있다 한다. 그런데 이 제천에 묘목밭 하나 없다면 될 말이 아니지 않는가? 개발 저지만이 환경운동은 아니다. 파괴는 건설을 낳는다고 할 때 한 그루의 나무를 베면 열 그루의 나무를 심어야 할 이유가 그 곳에 있는 것이다. 환경 파괴는 더 우리에게 필요한 생태계를 건설하기 위한 결과를 향해 가기 위한 그 준비라고 볼 때 묘목밭에서 꿈을 키워야 한다면 날 것이다.

나머지 5000평에는 수만 종에 이르는 장미원을 조성, 100만 송이의 장미원을 제천이 의림지 신털이 산에 소유하고 있다면, 4~5월부터 가을까지 100만 송이의 장미꽃이 이루어내는 황홀한 축제의 장미원에 시민들의 정서는 한때 무아경으로 빠져들 것을 나는 일찍이 경험해 본 일이 있다.

투자하고 개발 되지 않으면 변화는 없다. 발전도 없다. 의림지는 소문나 수목원 하나쯤은 가져야 한다면 신털이 산 주변만큼 한 입지가 없을 것 같아 한 바퀴 돌아보았다. 장미원 이야기가 나왔으니, 내 시 「장미원을 걸으며」를 감상해 보며 멋진 수목원을 가지고 싶어지는 시민정서에 불길질을 하고 싶은 것이다. 꿈에 본 신털이 산의 축제는 백만 송이의 장미꽃 송이가 신선한 연출을 하고 있었다. 서울에서 본 축제와는 전혀 다른 신선함이 있다. 그것은 이 제천이 나의 고향이기 때문만은 아닐 것이다.

장미원을 걸으며

이만 사천여 종에서 가지 벌어
피어오른 장미의 얼굴이
백만 송이로 방석을 깔고
뿜어내는 장미 향기는 그윽했네

햇살이 비추이는 날, 넋 나간 정신
분수대에 얼굴 씻고
해맑은 장미 요정들
나는 비수처럼 스며 떨어지지 않는
사랑의 키스에 도취되었다네

구름 속으로 숨어버린 달빛 같은
그런 향기를 장미가 지녔는지
나 오늘에서 알았네

찬란한 빛 뒤에서
시퍼런 가시 품고
서리서리 앙칼진 대궁의 가시칼 꽃 속에 숨기고
백만 송이가 풍기는 승전고를 두드리는
함성 그런 힘으로 다가오네
보기만 하여라, 그냥 바라만 보거라

나는 뒷짐을 지고
서서히 계단에서 내려와
허리를 굽혔네 그리고 얼굴과 코와 입으로
장미를 더듬었다네

                    ―서울 대공원 장미원에서

도시 정원에 대하여

　오늘은 도시의 거리를 산책해 보았다. 77년을 지나다니며 정든 전주며 거미줄 같이 늘어져 얼기설기 설치된 전선줄 전화선에 대하여 거부 반응을 일으키게 된 동기가 먼저 떠오른다.

　아들이 성장하고 결혼을 하고 신혼 살림을 차렸다. 첫 손주를 낳아 막 어설픈 재롱을 부릴 나이에 아토피가 발병하여 고통을 받는다고 해 황망히 찾아가 보았다. 열이 나며 아기가 견딜 수 없게 괴로워 할 때에는 차마 볼 수가 없었다.
　이층 길가 방, 답답하여 창문을 열었다. 그런데 창문 앞에 엊그제도 없었던 전주가 서 있고 그 앞에 커다란 변압기가 설치되어 윙윙 괴상한 소리까지 발산을 한다. 황급히 창문을 닫았다. 한전을 찾아가 옮겨 달라고 항의를 해도 요지부동으로 서 있다. 결국은 그 집을 팔고 이사를 나오고 말았다.
　이런저런 경험들을 더하며 절실하게 느낀 것이 고압 전류에서는 인체에 해로운 전자파가 발산된다는 것이다. 도시의 전선을 모두 땅속으로 묻고, 그 자리에 나무를 심어 백 년 후의 그 창문을 열어 보는 꿈을 키우고 싶어졌다. 그 후부터는 내게는 전선줄에 대한 사적 감성까지도 변해가고 전류에 대한 크고 작은 생명을 건 안전사고의 험한 불신이 쌓여 가기만 하였다.
　오늘 거리를 걸으며 유난히 얼기설기 늘어선 전선줄이 늘어선 거리에 서 있다. 이것은 개선되어야 할 환경이라는 잠재의식이 솟구쳐 오르는 일이다.

도시 정원을 만들어 보자. 그럴 것이다. 시인은 거리의 환경도 바꾸고 정화할 수도 있는 것이다.

주차장에 차를 세우고 옆 도로를 타고 뻗어 있는 거리를 내려다 보고 있었다. 6차선 넓은 복개천 도로 위였다. 즐비했던 전선 전주대는 지중화 사업으로 깨끗이 땅 속으로 들어가고 바닥에 회색 그 위로 회색 건물들이 깨끗하게 정리된 2010년대의 정리되어 가고 있는 전형의 도시 거리가 되고 있다. 이래가지고는 도시 정원 또는 공원을 이야기할 수는 없는 것 아닌가.

장보러 나온 아주머니들이 화려하게 옷을 갈아입고 거리를 설왕설래 하지만 내 눈에는 빈약하고 쓸쓸한 모습으로만 보인다. 가을 정취에 맞게 도로에 낙엽이 좀 날리면 어떠랴. 저 전주가 서 있던 자리에 한 100년 쯤 묵은 가로수들이 또는 사철 푸른 나무들이 서 있다면 얼마나 좋을까?

지금이라도 어린 나무라도 심어 보자. 도시 정원, 도시 공원, 도시의 거리를 희망을 안고 저 거리를 걸을 때에는 더 행복해 보일 것 같다는 생각이 든다. 이것이 시인된 팔자려니 외로워질 때면 마음도 몸도 기대어 볼 수도 있지 않을까? 내 집 정원에 나무들이 서있듯, 낙엽을 쓰는 노인 일자리도 늘어나겠지, 벅적이는 상가 3층 창문을 열고도 푸른 나뭇잎과 잠시 대화를 나눌 수 있는 거리, 그것이 도시 정원 조성의 시발점이 되는 세월은 기어이 오고 말 것이다.

한국문인협회 편 문단 유사 중에서

　김해성 박사의 40여 년 만에 완성된 이은상의 「가고파」에 얽힌 『문단 유사』를 읽고 나서 제천 소나무 박광옥의 시 「후회」에 대한 이야기를 시집 『정원사』 말미에 장식하고 싶어졌다.

　내가 김해성 선생을 알게 된 것은 2002년 말 경이다. 내 제2시집을 편집하면서 지인에게 한국시와 김해성 선생을 소개받고 알게 되었고, 그 후 2004년 봄에 제2시집 『송학산-노을』이 출판되면서, 김 선생님의 책도 몇 권 접수받고 한국시 대상도 받게 되어 인연을 맺게 되었다.

　그 후 2020년 1월 겨울의 무료함에 월간문학에서 발행한 『문단 유사』를 읽고 있던 중 김해성 시인의 40년 만에 완성된 이은상의 「가고파」라는 제목의 글이 실려 있었다. 그 중 우선 「가고파」에 얽힌 사연을 지면에 옮겨 적어 보기로 하였다.

　노산 이은상 선생의 시조 작품 「가고파」는 노래로 만들어져 온 국민의 입에 오르내리고 있는 애창곡이다. 1932년 이은상 선생이 30세 때 쓴 작품으로 그해 『노산 시조집』을 처음 발간할 때 거기 실린 작품이다. 이은상 선생은 1935년 33세 때부터 동아일보 편집국 고문 겸 출판국 주간으로 있었는데 이무렵 양주동 박사는 평양 숭실 전문 영문학겸 교양과 교수로 재직하고 있었다. 일본 와세다 대학에 다닐 때 이은상, 양주동, 이선근 세 분이 한집 한 방에서 하숙생활을 했었기에 이 세 분은 각별한 사이라고 한다.

동아일보사 주최로 백두산 등산 탐사 행사를 열었는데, 이때 이은상 선생이 양주동 박사에게 전화로 백두산에 간다고 알렸고, 양주동 박사는 이은상 선생에게 백두산에 갔다 오는 길에 평양 숭실 전문대에 들러 교양 특강을 해달라고 요청했다. 이은상 선생의 숭실 전문대학 방문 하루 전날 양주동 박사는 강의 시간에 이은상 작「가고파」를 1수부터 4수까지 칠판에 써놓고 학생들에게 가르쳤다.

　'내 고향 남쪽바다/그 파란 물 눈에 보이네/꿈엔들 잊으리요/그 잔잔한 고향 바다/지금도/그물새를 나르리/가고파라 가고파/어릴 때 같이 놀던/그 동무들 그리워라/어디간들 잊으리오/그 뛰놀던 고향 동무/오늘은/다 무얼하는고/보고파라 보고파/그물새 그 동무들/고향에 다 있는데/나는 왜 어이타가/떠나살게 되었는고/온갖것/ 다 뿌리치고/돌아갈까 돌아가/가서 한데 얼려/옛날 같이 살고 지라/내 마음 색동옷 입혀/웃고 웃고 지나고자/ 그날 그/눈물 없던 때를/찾아가자 찾아가'

　양주동 박사는 열강하면서 이은상 시인을 천재 시인이라고 추켜올리고, 내일 이은상 시인이 특강을 하니 학생들은 빠짐없이 참석하여 청강하라고 했다. 이 강의 시간에 음악학과 1학년에 다니던 김동진 학생이 이 시조 작품을 노트에 정리해 가지고 집에 가서 작곡하여 평양 교회 학생반 학생들에게 교양 음악으로 가르쳤다. 이 노래를 배운 학생들이 좋다고 여기 저기 가서「가고파」를 부르게 되어 평양 시내에 있는 모든 교회에서 학생들이 애창하게 되어「가고파」노래는 일시에 평양을 거쳐 전국으로 퍼져 나갔다. 해방 이후에는 학생은 물론 일반 국민까지「가고파」를 많이 불러 국민 노래로 뿌리를 내린 것이다.

1970년 이은상 시인의 고희와 작곡가 김동진 교수의 회갑 기념으로 「가고파」 5수부터 10수까지를 작곡하여 김동진 교수가 숙명여대 강당에서 발표회를 가졌다. 그때 서울대 음악대 김정숙 교수가 노래를 불렀으며 그 음악을 들으러 온 청중이 너무 많아 강당에 들어가지 못한 사람들은 운동장에서 확성기를 통해 들었는데 그때 운동장에 모인 청중이 2천여 명을 넘었다고 한다.

　　오늘날 우리 귀에 라디오 같은 전파를 타고 끊임없이 들려오는 「가고파」 노래는 1수부터 4수까지는 1930년대 중반에 김동진 학생이 작곡한 것이고, 5수부터 10수까지는 그로부터 40년이 지난 1970년대에 김동진 교수가 작곡한 것이다.

　　내가 듣기로는 10여 년 전부터 미국 뉴욕, 로스앤젤레스 등지에서는 12월 크리스마스를 전후하여 교포들이 모임을 갖고 난 뒤 마지막으로 부르는 노래가 「가고파」라고 한다. 그들은 「가고파」를 부르면서 고국에 대한 향수와 동심 세계를 상기하고, 집으로 돌아갈 때 눈물을 흘린다고 한다. (이하생략)

　　여기까지가 김해성 박사의 이은상 선생과 김동진 선생과 「가고파」로 얽혀진 이야기의 줄거리이다. 내가 굳이 김해성 선생으로 이어지는 이은상 선생과 김동진 선생으로 이어지는 문단 유사에 끼어들고 싶어 하는 이유는 김동진 선생이 90이 넘은 나이에 나에게 그러한 인연의 줄을 만들어 친필 사인을 남겨 주시고, 돌아가셨다는 것이다. 그러니까 1970년대 이은상 선생님의 고희 김동진 선생의 회갑기념에 5수와 10수까지를 작곡하여 김동진 교수가 발표회를 가졌다고 했다.

그 후 30년을 지녀 2003년에 문학세계사가 성수동에서 성동구로 이사를 하여 성동구청 옆 성동문화원 문화회관 마당에서 시화전을 했었다. 문학세계 출신 문인 100여 명의 시화전으로 그때 참석해 보니 문화회관으로 들어가는 도로 양쪽으로 가로 시화를 두 줄로 전시를 해 놓았는데 내 작품은 끝까지 찾아보아도 보이지를 않아 한참을 두리번거리며 찾다 보니 뒤편 길 한쪽 나무 중간에 한 편의 시화가 외롭게 걸려 있어 가까이 가보니 내 시화가 거기에 걸려 있었다.

　　그날 관심 있는 성동구민들도 더러 참석하여 행사를 끝내고 돌아왔었다. 그렇게 돌아다니던 내 시화 「후회」가 90이 넘은 노작곡가 김동진 선생의 눈에 띄어 선생님이 메모해 가서 작곡이 되고, 내 출신모지인 문학세계 홈페이지에 선생의 사인이 들은 오선지가 전해지게 되었다. 김해성 선생에 의한 이은상, 김동진의 「가고파」 40년의 문단 유사가 김해성 선생의 발제로 내게 연결이 되고, 문학세계 김천우 회장님의 시문학의 저변 확대를 위한 정열적인 문화 행사로 공개된 촌구석의 제천 소나무 박광옥의 시 「후회」가 그 김동진 선생의 눈에 차 작곡이 되어서 대한민국 문단 100년사 말미에 남아 문단사에 편입학 시키고 싶은 심정은 내가 아닌 다른 어떤 문인도 같은 심정이 될 것이라 생각하고 이 글을 쓰게 되었다. 3시집 『향맥』 말미에 그때까지도 나는 편집에 그렇게까지 할 필요가 없다고 빼놓은 것을 세종문화사 이종기 선생님께서 책 뒤편에 노래비까지 곁들어 펴내 주었음에도 4시집 『정원사』 막장 표지에 다시 한번 더 이 글과 함께 올려놓기로 한 것이다.

아는 어떤 선생님은 이 귀중한 것을 외안해하는 질책도 면해보렵
니다.
감사합니다.

나무와 꽃과 바람의 시인
제천 돌모루에서
제천 소나무 박광옥 큰절 올립니다.

후회

창밖엔 백목련 넓은 잎이
한 잎 두 잎
떨어져 쌓인다

떨어지는 잎새 하나도
오늘은
저리 제 생긴 대로 정성을 다해
땅 위에 내려앉는다

별이 쏟아지는 창밖엔
살포시 쌓이는 낙엽지는 소리가
정감을 더해주는 이 가을

달빛 도듬어
촛불 하나 켜 놓고
나는 탄식한다

잡히지 않고
가을은 간다
소슬바람 따라 달 가듯이
돌아올 수 없는 선을 넘어

후회
박광옥 시 / 김동진 곡

… 창밖엔
백목련 넓은 잎이 한 잎 두-잎 떨어져-
쌓인다 떨어지는 잎새 하나도 오늘은
저리 제 생긴 대로 정성을 다해 정성을 다해
땅 위에 내려앉는다 땅 위에 내려앉는다
별이 쏟아지는 창밖엔 살-포시 쌓이는
낙엽 지는 소리가 정감을 더해주는 이 가을
달빛- 도듬어 촛불 하나 켜-놓-고
나는- 탄식한다 잡히지 않고 가을은 간다.
소슬바람 따-라 달 가듯이 달 가듯이
돌아올 수 없는 선을 넘어 선을 넘-어

후회

박광옥 시
김동진 곡

서정적으로

창 밖엔

백목련 넓은잎이 한잎두-잎 떨어져-

쌓인다 떨어지는 잎새하나도 오늘은

저리 제 생긴대로 정성을 다해 정성을 다해

땅 위에 내려앉는다 땅 위에 내려앉는다

별이 쏟아지는 창 밖엔 살 - 포시 쌓이는

낙엽 지는 소리가 정감을 더해주는 이 가을

달빛-도 듬어 촛불하나 켜-놓-고
나 는- 탄식한다 잡히지않고 가을은간다
소 슬바람 따-라 달가듯이 달가듯이
돌아올수없는 선을넘어 선을넘- 어

2003. 12. 18.

박광옥(PARK KWANG OK)
시인, 수필가, 작사가

1944년생 (호: 제천 소나무)

1991년 10월	대통령 표창
1998년 11월	문학세계 신인문학상수상으로 문단 데뷔(시 부문)
1999년 1월	시집『제천 소나무』출간(도서출판 천우)
1999년 10월	시집『제천 소나무』80부 제천 역장님 요청으로 제천역에 기증
1999년 11월	문학세계 신인문학상으로 문단 데뷔(수필 부문)
1999년 11월	제천 의림지 둑 위에 소나무를 보충하여 심기 시작하며 의림지 소나무 인공 군락지 및 가로수 확대, 제천 및 도내 전국 각 공지에 제천 소나무 조경 방식 붐 일기 시작함(시집『송학산-노을』에 사진 소개)
2000년 6월	제천시 하소동 211-1번지 신당로원 참전 기념탑 앞에 헌시비 건립(군관련 행사에 시낭송이 확산되는 계기가 됨) 시「이별의 씨앗」석질 크기: 오석와비(1050 ×720×240)
2001년 3월	제2회 문학세계 문학상 본상 수상(시집『제천 소나무』)
2001년 5월	제천문화원 주관 남한강 수몰 사진 전시회(시「청풍

	에 부는 바람」이 간판 시화로 제작, 문화 홍보물로 전시 시작, 2001년~계속 사업)
2002년 3월	12일 '세계시의 날' 기념 이탈리아 국립시인협회 주관 유네스코 주최 '이태리 시의 바벨탑' 프로젝트에 한국을 대표하는 7인의 서정시에 선정 게재(시 「제천 소나무」, 「후회」)
2002년 4월	월간 『문학세계』에 41개월 작품 연재 마감
2002년 10월	문학세계·시세계 100호 출간 기념 문학 발전 공로상 수상
2002년 12월	시 「제천 소나무」 대형시화 제천역 하차 개찰구 벽에 게첩
2003년 12월	시 「후회」 김동진 작곡 가곡 탄생
2004년 5월	제2시집 『송학산-노을』 출간(도서출판 한국시사)
2004년 7월	제10회 세계 계관시 대상 수상(시 「하늘을 우러르면 흐르는 눈물」)
2004년 12월	제15회 한국시 대상 수상(시집 『송학산-노을』)
2006년 3월	'세계시의 날' 기념 이탈리아 국립시인협회 주관 유네스코 주최 '시의 바벨탑'에 2006 한국을 대표하는 10인의 시인으로 선정 수록됨(시 「봄과 함께」)
2009년 6월	충북 제천시 봉양읍 명암리 산 4번지 영농법인 산채건강마을 내 고 박지견 시인 시비 건립(제천 소나무 문원 사업)
2009년 6월	충북 제천시 봉양읍 명암리 산 4번지 영농법인 산채건강마을 내 박광옥 시 김동진 곡 가곡 「후회」 노래비 건립(제천 소나무 문원 사업)

2009년 12월	Y뉴스지(제천) 3년간 작품연재 마감
2010년 2월	시가 흐르는 서울 조성사업에 시 「환상특급」이 청량리 지하철역 스크린 도어에 게첨(서울시 사업)
2011년 4월	제1집 박광옥 수필집 『미래를 여는 글』 출간(세종문화사)
2011년 10월	대통령으로부터 국가유공자 증서 교부 받음
2012년 6월	한국문예학술저작권협회 가입
2019년 12월	제3시집 『향맥』(시선집) 출간(문학신문출판국)
2019년 12월	세종문학상 수상(시 문학상)
2019년 12월	세종문학상 수상(수필 문학상)
2020년 10월	제4시집 『내 울 안의 생태 정원사』 출간(청어출판사)

내 울 안의 생태 정원사

박광옥 지음

발 행 처 · 도서출판 청어
발 행 인 · 이영철
영   업 · 이동호
홍   보 · 천성래
기   획 · 남기환
편   집 · 방세화
디 자 인 · 이수빈 | 김영은
제작이사 · 공병한
인   쇄 · 두리터

등   록 · 1999년 5월 3일
(제321-3210000251001999000063호)

1판 1쇄 발행 · 2020년 11월 20일

주   소 · 서울특별시 서초구 남부순환로 364길 8-15 동일빌딩 2층
대표전화 · 02-586-0477
팩시밀리 · 0303-0942-0478

홈페이지 · www.chungeobook.com
E-mail · ppi20@hanmail.net
I S B N · 979-11-5860-909-2(03810)